Nous remercions le Conseil des Arts du Canada,
le ministère du Patrimoine canadien et la SODEC
de l'aide accordée à notre programme de publication.

Le Conseil des Arts du Canada depuis 1957 | The Canada Council for the Arts since 1957

Patrimoine canadien Canadian Heritage

Illustration de la couverture
et illustrations intérieures :
Élisabeth Eudes-Pascal

Édition électronique :
Infographie DN

Dépôt légal : 2e trimestre 1999
Bibliothèque nationale du Canada
Bibliothèque nationale du Québec

123456789 VID 05432109

ISBN 2-89051-656-3
10945

LE SOURIRE DE LA JOCONDE

**DE LA MÊME AUTEURE
AUX ÉDITIONS PIERRE TISSEYRE**

Collection Papillon

La clé mystérieuse, roman, 1989.
Togo, roman en collaboration avec Geneviève Mativat, 1993.
Voyageur malgré lui, roman, 1996.

Collection Sésame

Dans les filets de Cupidon, roman, 1998.

Chez d'autres éditeurs

Le fantôme du rocker, roman en collaboration avec Daniel Mativat, Hurtubise HMH, 1992.
Le cosmonaute oublié, roman en collaboration avec Daniel Mativat, Hurtubise HMH, 1993.
Gros Poil a disparu, album, Raton Laveur, 1993.
Charlotte, la marmotte, album, Trécarré, 1994.
Jours d'orage, roman, Coïncidence Jeunesse, 1995.
Anatole, le vampire, roman en collaboration avec Daniel Mativat, Hurtubise HMH, 1996.
Les patins d'Ariane, roman, Soulières éditeur, 1998.

Données de catalogage avant publication (Canada)

Mativat, Marie-Andrée, 1945-

Le sourire de La Joconde

(Collection Sésame; 14)
Pour les jeunes.

ISBN 2-89051-656-3

I. Titre II. Collection.

PS8576.A828S68 1999 jC843'.54 C99-940091-6
PS9576.A828S68 1999
PZ23.M37So 1999

MARIE-ANDRÉE BOUCHER MATIVAT

roman

ÉDITIONS
PIERRE TISSEYRE

5757, rue Cypihot, Saint-Laurent (Québec) H4S 1R3
Téléphone: (514) 334-2690 – Télécopieur: (514) 334-8395
http://ed.tisseyre.qc.ca
Courriel: info@ed.tisseyre.qc.ca

1

PAPI

C'est la deuxième fois que j'atterris en France. Je viens passer un mois avec Papi. Il me fera d'abord visiter Paris. Puis nous prendrons le train pour l'Italie.

Je ne me souviens pas de ma première rencontre avec grand-père. C'est normal, j'avais à peine trois ans à l'époque. Il paraît que

Papi était fou de joie ! Il ne savait pas quoi inventer pour me faire plaisir.

Il m'a emmené partout. Papa et maman m'ont souvent raconté les bons moments passés à l'aquarium de Paris et au zoo de Vincennes.

Malheureusement, j'ai tout oublié. Tout. À part de gros rochers escarpés couverts de singes. Et un éléphant qui tendait sa trompe pour attraper la cacahuète que je lui présentais.

Papi est italien. Un vrai de vrai ! Avec un accent qui chante. Et une voix pour l'opéra.

À vingt ans, Papi a quitté l'Italie pour venir travailler à Paris. En arrivant ici, il a fait la connaissance de grand-mère. Ils se sont mariés. Mon père est né quelques années plus tard.

Je n'ai pas connu grand-mère. Elle est morte avant ma naissance.

Après l'enterrement, papa est parti vivre au Québec. Il a rencontré maman à Montréal. C'est là que nous vivons.

Depuis la mort de grand-mère, Papi vit seul. On n'entre pas chez lui facilement. Il faut d'abord déverrouiller une porte étroite percée dans le mur de pierre entourant son petit domaine.

On découvre alors une allée de fins cailloux jaunes et blancs. Un parterre de roses. Et deux maisons côte à côte. L'une, imposante. L'autre, toute petite. C'est la maison de grand-père.

La voisine, Jacqueline, qui habite avec son mari dans la grande maison, affirme que grand-père est un poète.

Il est vrai que rien n'échappe à Papi. Tout l'émerveille. Une plante sauvage nichée entre les pierres. Le

vol d'un oiseau. Un escargot sur le muret du potager où il cultive des tomates.

Vingt fois par jour, avec son accent inimitable, il me lance :

— Regarde, mon François ! Regarde comme c'est beau !

Grand-père s'y connaît en beauté ! Depuis près de vingt ans, il travaille au Louvre. Le Louvre, c'est un des plus grands musées de la planète !

Michel, le mari de Jacqueline, me l'a affirmé :

— C'est plein de trésors là-dedans ! Une vraie caverne d'Ali Baba. Ton grand-père, lui, il veille sur *La Joconde* qui est aussi connue sous le nom de *Mona Lisa*.

Jacqueline me sourit malicieusement.

— Alors, le petit Québécois, tu connais *La Joconde* ?

— Bien sûr ! C'est la dame qui a un sourire en coin. Je l'ai vue dans des publicités à la télé.

— Eh ! eh ! s'exclame Michel, cette toile a été peinte par Leonardo da Vinci. Tu as entendu parler de Léonard de Vinci ?

Sans me donner le temps de répondre, Michel enchaîne :

— Leonardo était à la fois peintre, sculpteur, architecte, ingénieur et savant. Il est né en 1452 à Vinci, près de Florence. Un Italien. Comme ton grand-père.

— Je le savais. À l'école, le professeur nous a montré certaines de ses inventions. En 1987, il y a eu une exposition au Musée des beaux-arts de Montréal. Il paraît que c'était super. Les visiteurs ont même pu admirer ses machines volantes.

— Mais sais-tu combien de temps il a fallu à Leonardo pour achever son tableau ?

Là, je suis obligé d'admettre mon ignorance.

— Trois ans, mon bonhomme ! Trois longues années. On raconte que Leonardo emportait son tableau partout. Il le voulait tellement parfait qu'il n'arrêtait pas de le retoucher. Résultat ? Cinq cents ans plus tard, le sourire de *La Joconde* est célèbre dans le monde entier !

J'aime bien Jacqueline et Michel. Comme ils n'ont pas encore de petits-enfants, ça leur fait plaisir de s'occuper de moi durant la journée.

Michel et Jacqueline se sont installés ici en même temps que grand-père. Après toutes ces années, ils le considèrent comme un membre de leur famille.

Jacqueline me tend un morceau de chocolat.

— C'est demain le grand jour !

— Comment ça ?

— Demain soir, ton grand-père sera en vacances ! Tu sais, voilà longtemps que ça ne lui est pas arrivé. Il a fallu que tu viennes pour qu'il se décide à prendre un congé.

— Eh oui, mon bonhomme, ajoute Michel, c'est comme ça.

Depuis qu'il prend soin de *La Joconde,* ton grand-père a toujours refusé de partir en vacances.

Jacqueline sourit.

— Cet été, c'est différent. Tu es ici.

Alors là, je suis complètement sonné! Comment peut-on refuser de prendre des vacances? Moi, le dernier jour d'école, je bondis dehors plus vite qu'un sprinter olympique. Pour rien au monde, je ne resterais en classe une seconde plus!

Grand-père, lui, est peut-être un bourreau de travail. À moins que...

2

LA PETITE AMIE DE GRAND-PÈRE

Grand-père vient de rentrer du travail. Dans moins de vingt-quatre heures, il sera en congé. Il devrait être fou de joie. Pourtant, il a l'air soucieux.

— Quelque chose ne va pas ?

— *Che mondo!* Quel monde, mon François ! Aujourd'hui, des petits monstres ont envahi le musée. Crois-le ou non, l'un d'entre eux a soufflé une bulle de gomme à mâcher sous le nez de madame Elisabeta! Tous des barbares, voilà ce qu'ils sont.

Grand-père est indigné. Il faut dire que cette pauvre dame n'a pas de chance. Chaque jour, elle est victime d'un nouveau coup du sort.

Tantôt un groupe de touristes l'examine comme une bête curieuse, tantôt un maniaque menace de lui dessiner des moustaches. Décidément, être gardien de musée n'est pas un métier de tout repos!

Chaque soir, Papi me raconte une nouvelle mésaventure de madame Elisabeta. Son sort semble beaucoup préoccuper grand-père. Serait-il amoureux?

Pourquoi pas? Surtout qu'avec un prénom pareil madame Elisabeta est sûrement italienne, elle aussi.

Et si Papi refusait de prendre ses vacances pour ne pas être séparé de sa chère collègue, Elisabeta?

J'ai hâte de voir de quoi elle a l'air, la petite amie de grand-père.

— Alors, mon François, qu'aimerais-tu voir avant notre départ pour l'Italie?

— Je pensais qu'on pourrait peut-être visiter Paris. Pour commencer, j'aimerais bien aller au Louvre. J'ai hâte de voir où tu travailles... de rencontrer tes camarades.

Papi ne bronche pas. Il cache bien son jeu! Je n'en saurai pas plus ce soir.

— Bonsoir! lance Jacqueline, par la fenêtre ouverte. J'ai une proposition à vous faire. Voilà. Demain, je dois passer près du musée, en fin de journée. Je pourrais y déposer

François. Comme ça, vous rentreriez ensemble. Qu'en dites-vous ?

Grand-père est ravi. Moi aussi. Ainsi, dès demain, je serai peut-être fixé sur ma future grand-mère.

À l'heure dite, Jacqueline me dépose au Louvre. Dès mon arrivée, un collègue de grand-père me prend en charge et me conduit jusqu'à lui.

Le musée est immense! En fait, je suis dans un palais. Pas un palais de conte de fées. Non, un vrai palais! Le palais du Louvre. Une ancienne résidence royale. Une maison de rois!

Que de merveilles à admirer! Il me faudrait des yeux tout le tour de la tête pour ne rien manquer.

Le compagnon de travail de Papi a remarqué mon étonnement.

— Impossible de tout voir en une visite. Même en ne passant que deux ou trois minutes devant chacun des objets exposés ici, il te faudrait plus d'un an pour faire le tour de toutes les salles.

— Formidable!

Raison de plus pour bien observer tout ce qui se trouve sur notre passage. Quelques œuvres retiennent tout particulièrement mon attention.

Ici, une toile gigantesque représente un radeau sur une mer déchaînée[1].

Là, des touristes sont rassemblés autour d'une statue qui serait vraiment belle si quelqu'un ne lui avait cassé les deux bras[2].

Je me demande qui a fait ça. Le concierge ? La femme de ménage ? Il faudra que je demande à grand-père. Justement, le voici.

Sur le mur qui me fait face, je la découvre enfin. Oui, c'est bien elle : *La Joconde* !

— La huitième merveille du monde ! chuchote une jeune fille en quittant la salle.

1. *Le Radeau de la Méduse*, de Théodore Géricault.
2. La *Vénus de Milo* : célèbre statue découverte dans les ruines de l'île grecque Milo.

Hé! ho! huitième merveille du monde!... C'est un peu beaucoup exagéré, si vous voulez mon avis. Franchement, il n'y a pas de quoi s'énerver le poil des jambes!

D'abord, une vitre recouvre le tableau. Un tableau tout petit. En tout cas, beaucoup plus petit que je ne me l'étais imaginé. À peine soixante-dix-sept centimètres par cinquante-trois. Pas de quoi en faire toute une tartine.

Et ce n'est pas tout. Il y a les couleurs. Parlons-en des couleurs! Comme dirait Jacqueline, ça ne casse pas trois pattes à un canard. Rien que des teintes aussi sombres que sur les reproductions. Oui, je l'avoue, je suis carrément déçu.

L'heure de la fermeture a sonné. Les derniers visiteurs s'éclipsent.

Grand-père a sûrement deviné ma déception. Il a des antennes pour ces choses-là.

Pourtant, depuis que nous sommes seuls, grand-père n'a rien dit au sujet de *La Joconde*. Par contre, il n'arrête pas de s'agiter. On dirait un hamster sur sa roue. Il tourne autour de moi, attache correctement mon blouson, m'ordonne de retirer ma casquette des Expos.

— Qu'est-ce qu'elle a, ma casquette ?

— Rien… rien… Enfin… Mon François, je voudrais te présenter quelqu'un. Une dame.

Tiens, tiens… nous y voilà.

— Approche ! ordonne grand-père.

3

AH NON !

Papi traverse la salle et se fige devant *La Joconde*. Il rougit, se racle la gorge. Il a l'air intimidé. Jamais je ne l'ai vu comme ça ! Je dois me retenir pour ne pas éclater de rire.

— Relaxe, Papi ! J'ai tout compris.

Grand-père ouvre des yeux étonnés.

Je tourne la tête dans tous les sens. Je guette l'arrivée de madame Elisabeta.

Les secondes s'étirent. Franchement, elle en met du temps à se montrer !

Papi se penche vers moi. Il tend la main vers *La Joconde*.

— Je te présente madame Elisabeta.

J'éclate de rire.

— Vraiment, Papi, tu n'es pas fort pour monter un bateau. Celui-ci est gros, comme *Le Titanic*. Tu n'espérais pas me faire avaler ça, tout de même !

Je m'amuse comme un fou.

Pas grand-père.

Il se penche de nouveau vers moi.

— Mon François, je te présente madame Elisabeta.

Ou Papi a complètement perdu la boule, ou je suis en train de faire un horrible cauchemar. S'il vous plaît, pincez-moi, quelqu'un!

Grand-père me fixe de ses yeux doux. Il attend ma réaction.

— Enfin, grand-père, c'est *La Joconde*!

— François! Je t'interdis de l'appeler ainsi! Pourquoi pas Zaza ou Lili pendant que tu y es?

Je nage en plein délire.

Le visage de Papi est devenu cramoisi. Il est plus rouge que ses tomates!

— En voilà une façon de parler à une dame! Je te prierais de bien vouloir l'appeler par son nom: Madonna Elisabeta Gherardini, troisième épouse de Francesco di Bartolomeo di Zanoli del Giocondo...

Moi, je veux bien, mais c'est un peu long. Je ne sais pas si j'arriverai à retenir tout ça.

Comme s'il craignait d'être entendu par *La Joconde,* grand-père s'éloigne du tableau et baisse la voix.

— J'aimerais que tu sois gentil avec elle. Tu sais, elle n'a pas la vie facile. Ce n'est pas rose tous les jours d'être une célébrité mondiale. Si tu savais... Depuis des centaines d'années, les gens racontent toutes sortes de choses à son sujet. Certains sont même allés jusqu'à prétendre que madame Elisabeta était en fait... un homme!

Si je ne me retenais pas, je prendrais Papi par le bras et je le secouerais un peu, question de le sortir de son rêve éveillé.

— Et ce n'est pas tout, mon François. Eh non! Des mauvaises langues ont affirmé qu'elle louchait. Ce cancan a fait la une de tous les journaux. Madame Elisabeta, bigleuse!

Quelle humiliation! Elle qui était une des plus jolies femmes de Florence. Tu te rends compte! Ah! si je les tenais, ceux-là, ils passeraient un mauvais quart d'heure!

Pour un peu, Papi s'étranglerait d'indignation.

Pendant que je cherche quelle attitude prendre, voilà que grand-père retourne vers la toile et se met à lui faire la conversation.

—*Scusi,* Madonna Elisabeta. C'est mon petit-fils. *È un' bravo ragazzo.* C'est un bon garçon. *È un Canadese! Si! Si!* Il est Canadien.

Ça ne va pas! Papi perd les pédales! Depuis quand raconte-t-on sa vie à un tableau? C'est ridicule. Pourvu que personne ne nous voie.

Tout ça est en train de se changer en histoire de fous. Si je ne me retenais pas, je déguerpirais au pas de course.

Sans se soucier de moi, grand-père poursuit son étrange monologue.

Soudain, je ressens une drôle d'impression... Je dois être en train de perdre la boule à mon tour. Je sais bien que c'est impossible. Il s'agit sûrement d'une illusion d'optique. Pourtant, je jurerais que le sourire de *La Joconde* a changé. Qu'il s'est accentué.

Après avoir parlé de tout et de rien, Papi se tait. Il pousse un grand soupir et se met à arpenter la pièce de long en large.

Grand-père hésite, puis s'approche de nouveau du tableau.

— Hum ! hum ! commence-t-il, pour s'éclaircir la voix. *Scusi*, madame Elisabeta. Voilà...

Papi a l'air embarrassé. Comme s'il redoutait une réaction de *La*

Joconde. Grand-père se tait, inspire profondément et murmure :

— Il faut que je vous dise... Demain, je ne serai pas là. Je pars en vacances. Je vais faire visiter Paris au petit. Ensuite, je l'emmène en Italie. Il y a si longtemps que je n'y suis pas retourné !

La voix étranglée par l'émotion Papi se met à évoquer les oliviers, le chant des cigales et le ciel bleu de la Toscane.

Il est au bord des larmes.

— Durant mon séjour là-bas, je penserai souvent à vous. À mon retour, je vous raconterai tout. Promis. *Allora, arrivederci Signora.*

Grand-père a une tête d'enterrement. Il tourne brusquement le dos au tableau, ramasse sa boîte à lunch et me fait signe de le suivre.

Juste à cet instant, un bruit attire mon attention. On dirait des sanglots. Oui, ce sont bien des sanglots. Quelqu'un pleure.

Je me retourne. Personne.

Alors, l'espace d'une seconde, je crois voir passer sur le visage de *La Joconde* l'ombre d'un chagrin immense.

4

QUELLE HISTOIRE !

Aujourd'hui, nous avons profité de la première journée de vacances de Papi pour faire une promenade en bateau-mouche sur la Seine. Nous avons longé la cathédrale Notre-Dame. Et nous sommes passés sous plusieurs ponts. Je me souviens du pont Marie, du Pont-Neuf et surtout du pont Alexandre-III. Le plus beau de tous! J'ai même pu contempler la tour Eiffel. Grand-père a promis que je pourrais l'escalader à pied durant mes vacances.

En rentrant, Papi s'est mis aux casseroles et nous avons soupé dehors. Puis grand-père est allé travailler dans son potager. Moi, je me charge de la vaisselle.

J'allume la télévision.

Et ça me tombe dessus comme une bombe!

Je lis d'abord le titre inscrit en grosses lettres sur le petit écran: *PANIQUE AU LOUVRE*!

J'entends alors une voix qui promet plus de précisions au prochain bulletin de nouvelles.

Je me précipite dehors.

— Grand-père! Il est arrivé quelque chose au musée.

Papi se relève précipitamment.

— Qu'est-ce que tu racontes, mon François ?

— Puisque je te le dis. Ils viennent de l'annoncer à la télé.

Grand-père traverse le potager à la hâte. Il court vers la maison. Sa voix est toute tremblante.

— Qu'est-ce qu'ils ont dit exactement ?

— Il a été question de « panique au Louvre ». C'est tout ce que j'ai entendu. On devrait en savoir plus au prochain bulletin de nouvelles.

Grand-père consulte nerveusement sa montre.

— Le prochain est dans vingt minutes.

— Vingt minutes, c'est vite passé. Nous en aurons rapidement le cœur net.

Grand-père ne semble pas de cet avis. Pour lui, je le sens, ces vingt minutes ressemblent plutôt à l'éternité.

Il se laisse tomber dans son fauteuil en soupirant.

— Pourvu que ce ne soit rien de grave.

Pauvre grand-père, il fait vraiment peine à voir !

— Tu t'inquiètes pour *La Joc*...

Papi me lance un regard noir.

— … je veux dire, pour madame Elisabeta ?

— S'il fallait qu'il lui soit arrivé malheur, je ne m'en remettrais jamais !

— Je suis sûr que tu te fais du mauvais sang pour rien.

— Hélas ! non. Et c'est bien ça le pire. Même derrière une vitre, les vedettes comme elle ne sont jamais en sécurité. Qui sait si un collectionneur fou n'a pas commandé son enlèvement ? À moins que des ravisseurs l'aient kidnappée en échange d'une rançon.

Aïe ! aïe ! Papi ne manque pas d'imagination !

— Tu sais, ce ne serait pas la première fois que madame Elisabeta disparaîtrait du Louvre.

— Comment ça ?

Sans quitter le téléviseur des yeux, grand-père se lance dans un récit plutôt surprenant.

— En 1911, trois voleurs se sont emparés de madame Elisabeta au nez et à la barbe du personnel du musée. Il a fallu deux ans, quatre mois et quatorze jours pour la retrouver et la ramener au Louv…

En entendant l'indicatif musical du bulletin d'informations, Papi s'interrompt brusquement.

Le lecteur de nouvelles a une figure d'enterrement. Il fixe la caméra droit dans l'objectif.

Mesdames, messieurs, bonsoir. LE SOURIRE DE LA JOCONDE *A DISPARU!*

Papi blêmit. Il retient son souffle pour entendre la suite.

Hier soir, peu après la fermeture du musée, un veilleur de nuit a fait cette découverte renversante!

Appelé sur les lieux, le conservateur en chef a constaté qu'il ne s'agissait pas d'une blague. La Joconde *a bel et bien perdu son énigmatique sourire.*

Évidemment, tous s'interrogent sur les causes de ce désastre. Est-ce le résultat d'une altération naturelle des pigments? Un acte de vandalisme? Une opération terroriste? Pour tenter d'en savoir plus, nous avons invité en studio un médecin, un biologiste et un éminent psychologue. Je m'adresserai d'abord au docteur Citarel:

—Alors, docteur, quelle est votre opinion?

Papi redouble d'attention. C'est tout juste s'il ose respirer.

—À mon avis, déclare le médecin, La Joconde *souffre d'une paralysie bilatérale des zygomatiques. Autrement dit, elle aurait les*

mâchoires coincées. Un malaise tout à fait prévisible chez quelqu'un qui sourit depuis plus de quatre cent quatre-vingt-dix ans.

Le commentateur intervient :

— *Est-ce aussi votre opinion, docteur Laouénan?*

Le biologiste se redresse dans son fauteuil.

— *Je tendrais plutôt à croire que ce phénomène est dû à des champignons. Des champignons microscopiques qui se seraient développés aux commissures des lèvres de* La Joconde. *La chose n'aurait rien d'étonnant, étant donné que, chaque année, plus de cinq millions de visiteurs lui soufflent leur haleine au nez.*

— *Je proteste énergiquement! clame le psychologue. Mes collègues font fausse route. La grande dame du Louvre souffre tout simplement de dépression. Qu'on lui donne un cadre plus gai et elle retrouvera aussitôt le sourire.*

— *Messieurs, je vous remercie, conclut l'animateur. Rappelons, en terminant que, dès ce soir,* La Joconde *sera transportée à l'atelier de restauration. Mercredi, des spécialistes se pencheront sur son cas...*

Papi n'écoute plus. Il est blanc comme un drap.

— *Che disgrazia!* Quel malheur !

J'essaie de le réconforter.

— Tu ne devrais pas t'en faire comme ça. Après tout, tu n'y es pour rien.

Grand-père secoue la tête.

— *Chi lo sa?* Qui sait ?...

Papi passe nerveusement sa large main dans ses cheveux. Une étrange lueur brille dans ses yeux.

— Tous des ânes, ces spécialistes ! Ils n'ont rien compris ! Il faut que je sorte, mon François. Je vais prévenir Michel et Jacqueline. Ne m'attends pas pour te coucher.

Jacqueline est venue me tenir compagnie. Nous avons joué au Scrabble. Vers dix heures, je me suis mis au lit. Papi n'était toujours pas rentré.

— Lève-toi, mon François.

Papi me secoue énergiquement.

— Allez, debout !

Je me frotte les yeux.

— Qu'est-ce qui se passe ?

— Nous partons pour l'Italie.

— Déjà ?

— Dépêche-toi ! Le train ne nous attendra pas.

Je saute à bas du lit. Je m'habille à toute vapeur. Je glisse quelques vêtements dans mon sac à dos.

Dans la cuisine, ça sent le chocolat chaud et le pain grillé. Grand-père est déjà attablé devant son bol de café. Toutes les trente secondes, il regarde sa montre. Au moindre bruit, il sursaute. Je n'aurais jamais imaginé que ce voyage puisse le rendre si nerveux.

Il faut dire que, moi aussi, j'ai le trac. C'est mon premier voyage en train.

Mon petit déjeuner avalé, nous filons vers la gare. Grand-père porte son sac de voyage à l'épaule. Contre sa poitrine, il presse une grande boîte de carton. Je n'ose lui demander ce qu'elle contient.

Nous courons plus que nous marchons. Direction ? Le métro. De l'autre côté de la Seine, je reconnais le Louvre.

— Dépêchons-nous, mon François... DÉ-PÊ-CHONS !

Grand-père m'entraîne vers la bouche du métro. Nous dévalons

les escaliers à la course. Sans reprendre notre souffle, nous nous engouffrons dans un wagon. Papi jette des regards inquiets vers le quai. Comme s'il craignait d'être suivi…

5

QUEL VOYAGE !

C'est bien agréable de voyager en train. Depuis une heure, nous roulons vers l'Italie. Nous sommes seuls dans notre compartiment. Grand-père n'est pas très bavard. Sans doute est-il encore tourmenté par les récents événements.

— C'est embêtant que *La Joconde* ait perdu son sourire. Mais tu n'es pour rien dans tout ça.

Papi me jette un regard distrait.

— Maintenant, ça n'a plus d'importance, conclut-il en caressant le carton posé sur ses genoux.

Franchement, Papi n'a pas fini de me surprendre. Il y a quelques heures à peine, il se faisait un mauvais sang terrible, et voilà qu'il semble tout à fait serein. Comme si rien ne s'était passé. C'est à n'y rien comprendre.

Le train file sur les rails. Je me cale dans mon fauteuil. J'appuie ma tête contre la fenêtre. Je ferme les yeux...

— Contrôle des billets, s'il vous plaît.

J'ai dû dormir un bon moment. Le contrôleur se penche vers moi.

— Votre billet, jeune homme.

Je fouille dans mon sac à dos.

C'est alors que je LA vois! Appuyée contre la banquette à côté de grand-père, elle me fait face. À travers la vitre, elle semble contempler le paysage.

J'ai les jambes en coton. Des sueurs froides me coulent le long du dos.

Non, non. Je me trompe sûrement. C'est impossible! Papi n'a pas fait ça! Pourtant...

La disparition de grand-père, hier soir... Notre départ précipité pour l'Italie... La mystérieuse boîte de carton. Et ce visage en face de moi. Ce visage qui ne sourit pas. Qui ne sourit plus. Il n'y a pas de doute possible. C'est bien elle. C'EST *LA JOCONDE*! PAPI A VOLÉ *LA JOCONDE*!

Et voilà que le contrôleur la pointe du doigt.

— C'est à vous?

Ça y est, nous sommes découverts. D'une seconde à l'autre, nous allons être arrêtés et jetés en prison.

L'homme se penche et examine attentivement le tableau.

— Ça ne va pas… Tout ça n'est pas normal.

Je manque d'air. Je crois que je vais tourner de l'œil.

Le contrôleur se redresse et… éclate d'un grand rire sonore.

— On dirait qu'elle boude! Vous vous êtes fait refiler une reproduction de mauvaise qualité. Pas de chance!

Nous l'avons échappé belle! Heureusement, ce fonctionnaire n'est pas au courant de la nouvelle qui a ébranlé le Louvre. Autrement, nous aurions déjà les menottes aux poignets.

Le train reprend sa course. Peu à peu, je recommence à respirer librement. Le danger est écarté. Du moins, pour le moment.

— Je sais ce que tu penses, mon François. Mais je devais le faire! Médecin, biologiste, psychologue, ils se sont tous emmêlés les pinceaux. Moi qui ai passé toutes ces années à ses côtés, j'ai tout de suite deviné ce dont souffrait madame Elisabeta.

— Et de quoi souffre-t-elle donc?

— Elle a le mal du pays. Vois-tu, depuis que le roi de France, François Ier, a acheté le tableau à Leonardo, madame Elisabeta n'est pratiquement jamais retournée chez elle, en Italie.

« Il y a si longtemps que nous passons nos journées ensemble, elle est devenue une confidente. Plus, une amie. Je ne pouvais pas l'abandonner à son chagrin. Mais ne t'inquiète pas, tout se passera bien. »

— Comment peux-tu dire ça? Dès que sa disparition sera connue, nous aurons toutes les polices du monde à nos trousses.

— Le travail à l'atelier de restauration ne reprend pas avant mercredi. D'ici là, j'aurai ramené madame Elisabeta. Personne ne s'apercevra de rien.

Je ne suis pas rassuré pour autant.

Après la plaine, voilà que le train traverse une région de coteaux plantés de pins parasol. Nous serons bientôt à destination. Papi s'enthousiasme.

— Vous sentez, Signora? C'est l'air de chez nous…

Le train entre en gare.

— *Firenze.* Florence, annonce le contrôleur.

Nous sommes arrivés.

Un taxi nous conduit à l'hôtel. C'est une vieille bâtisse entourée de lauriers-roses. Elle est juchée au sommet d'une colline qui domine la ville.

De la terrasse, on entend le chant des cigales. Le ciel est d'un bleu éblouissant.

Nous déposons nos valises dans notre chambre et nous sortons nous balader. Pour Papi, pas question d'abandonner *La Joconde* à l'hôtel! Le précieux tableau serré entre ses bras, grand-père nous guide jusqu'aux rives de l'Arno, le fleuve qui traverse la ville. Au loin, nous admirons la cathédrale Sainte-Marie-des-Fleurs et la haute tour du *Palazzo Vecchio.*

— *Meraviglioso!* Merveilleux! Vous voilà de retour chez vous, Signora.

Et c'est alors que le miracle se produit. Nichée dans les bras de grand-père, *La Joconde* retrouve le sourire.

Or, ici, à Florence, on ne parle que du terrible drame survenu hier soir au Louvre. La nouvelle fait la première page de tous les journaux: *LA JOCONDA HA PERSO IL SUO SORRISO. La Joconde* a perdu son sourire.

Dans ces conditions, qui pourrait soupçonner que le tableau souriant que trimballe Papi est bel et bien le célèbre chef-d'œuvre de Leonardo da Vinci ?

Nous parcourons donc la ville en toute liberté.

À chaque carrefour, Papi s'arrête pour consulter son illustre compagne de voyage.

— Et maintenant, madame Elisabeta, où allons-nous ?

Papi scrute attentivement la toile.

— À gauche ? Vous voulez que nous prenions à gauche, c'est bien ça ? D'accord, nous y allons.

Et nous poursuivons notre route en tournant à gauche.

— Enfin, grand-père, tout ça n'est pas sérieux!

Papi soupire, légèrement impatienté.

— Dans la vie, mon François, il faut être attentif aux autres. Si tu l'avais été, tu aurais remarqué que madame Elisabeta a cligné de l'œil gauche.

Ainsi guidés de l'œil par *La Joconde*, nous visitons l'église Santa-Croce, la piazza della Signora, le jardin de Boboli, le palais Pitti…

Tous ces endroits sont terriblement beaux, c'est vrai. N'empêche… à la fin de la journée, j'ai terriblement mal aux pieds !

Le soir nous mangeons au restaurant. Quel bonheur de s'asseoir enfin ! Papi pose le tableau sur le fauteuil voisin du sien et décrit le menu à sa chère invitée :

— *Fagioli all'ucello,* haricots à la sauce, salami de sanglier, ragoût de

lièvre sur un lit de pâtes aux œufs frais, crêpes fourrées à la ricotta et arrosées de miel et d'huile d'olive. Ah ! sentez-moi ça, Signora !

Pour notre dernière soirée en Italie, nous nous attablons à une terrasse. Un joueur de bandonéon fait danser les gens sous la vigne. Papi semble particulièrement heureux. Cet endroit lui rappelle sa jeunesse.

Grand-père a le cœur à la fête. Sur le chemin du retour, il exécute même quelques pas de danse. Et voilà que, sous un réverbère, il enlace amoureusement son tableau, se penche vers lui et y dépose délicatement un baiser.

Alors, croyez-le ou non, je vois les yeux de madame Elisabeta briller d'un nouvel éclat, tandis qu'un peu de rose lui monte aux joues.

Jacqueline a raison. Grand-père est un poète. Il n'y a que les poètes pour tomber éperdument amoureux d'un tableau.

Ces quelques jours à Florence resteront inoubliables ! Le matin de notre départ, nous nous accoudons au balcon de notre chambre pour admirer une dernière fois le paysage. Et voilà qu'un nouveau drame éclate.

La vitre, derrière laquelle souriait madame Elisabeta la nuit dernière, est légèrement embuée.

— Que se passe-t-il ? s'inquiète grand-père.

— Difficile à dire. C'est peut-être la chaleur.

Papi prend le tableau, le tend vers la lumière...

Incroyable ! De grosses larmes tracent deux sillons sur les joues de madame Elisabeta.

Papi est désemparé. Doucement, tendrement, il dépose le tableau au creux de ses bras et se met à le bercer. Alors, de sa belle voix, il entonne une chanson italienne. Un air très doux. Comme ceux que l'on fredonne pour consoler un enfant.

— Allons… allons… Il ne faut pas pleurer comme ça. Moi aussi, je trouve que ces vacances ont passé trop vite. Mais nous devons rentrer en France à présent. Vous le savez bien. Et puis, dans quelques jours, je serai de retour au travail. Nous passerons toute la journée ensemble…

Malgré ces bons mots madame Elisabeta semble inconsolable. Pourtant, il faut faire quelque chose. Et vite ! Sinon, qui sait si toutes ces larmes ne finiront pas par ruiner définitivement la toile.

C'est alors que grand-père prononce les paroles magiques :

— ... et, dans quelques années, je trouverai bien un moyen pour refaire ce voyage. C'est promis !

À ces mots, madame Elisabeta esquisse un sourire.

Nous sommes finalement rentrés en France sans problème. Comme me l'avait affirmé Papi, personne ne s'est rendu compte de la petite escapade de madame Elisabeta.

Mercredi matin, les spécialistes de l'atelier de restauration ont crié au miracle! Non seulement *La Joconde* avait-elle retrouvé le sourire, mais tout le monde s'accordait à dire qu'elle semblait avoir rajeuni.

Grand-père et moi avons repris nos promenades dans Paris. Cependant, chaque jour, vers quatre heures, nous allons rendre visite à madame Elisabeta.

Dans son cadre doré, elle nous sourit. Je suis certain qu'elle nous attend.

Avant de quitter Paris, j'ai invité Papi à venir nous rendre visite l'hiver prochain. Je lui ai raconté la neige, les Noëls blancs, les paysages de cristal, la magie d'un rayon de soleil sur la glace.

Grand-père n'a dit ni oui ni non. Pourtant, au fond de moi, je sais qu'il ne viendra pas. À moins de faire le voyage en compagnie de sa tendre Elisabeta. Ce qui serait une expédition périlleuse.

Certains diront que Papi est un grand rêveur. Peut-être. Mais, au contact de grand-père, j'ai compris que le rêve peut transformer une vie. Alors, s'il déborde quelquefois sur la réalité, c'est tant mieux.

TABLE DES MATIÈRES

MARIE-ANDRÉE BOUCHER MATIVAT

Marie-Andrée Boucher Mativat aime voyager. En compagnie de son frère, elle est d'abord partie à la découverte du Québec. Puis ce fut *la grande traversée*.

Depuis son premier séjour en France, en 1967, Marie-Andrée Boucher Mativat a fait plusieurs visites au musée du Louvre. C'est sans doute l'une d'elles qui lui a inspiré ce nouveau roman pour les jeunes.

Collection Sésame

1. **L'idée de Saugrenue**
   Carmen Marois
2. **La chasse aux bigorneaux**
   Philippe Tisseyre
3. **Mes parents sont des monstres**
   Susanne Julien
4. **Le cœur en compote**
   Gaétan Chagnon
5. **Les trois petits sagouins**
   Angèle Delaunois
6. **Le Pays des noms à coucher dehors**
   Francine Allard
7. **Grand-père est un ogre**
   Susanne Julien
8. **Voulez-vous m'épouser, mademoiselle Lemay ?**
   Yanik Comeau
9. **Dans les filets de Cupidon**
   Marie-Andrée Boucher Mativat

10. **Le grand sauvetage**
Claire Daignault

11. **La bulle baladeuse**
Henriette Major

12. **Kaskabulles de Noël**
Louise-Michelle Sauriol

13. **Opération Papillon**
Jean-Pierre Guillet

14. **Le sourire de La Joconde**
Marie-Andrée Boucher Mativat